HE QISAN
SHANSHUI JUEJU SANBAISHOU

何其三山水绝句三百首

何其三 ◎ 著

时代出版传媒股份有限公司

安徽文艺出版社

图书在版编目（ＣＩＰ）数据

何其三山水绝句三百首/何其三著. 一合肥：安徽文艺出版社,2022.12
ISBN 978-7-5396-7601-2

Ⅰ．①何… Ⅱ．①何… Ⅲ．①绝句－诗集－中国－当
代 Ⅳ．①I227.7

中国版本图书馆 CIP 数据核字(2022)第 216673 号

出 版 人：姚 巍
责任编辑：秦知逸   装帧设计：张诚鑫
....
出版发行：安徽文艺出版社   www.awpub.com
地   址：合肥市翡翠路 1118 号   邮政编码：230071
营 销 部：(0551)63533889
印   制：安徽明星印务有限公司 (0551)64391699
....
开本：880×1230 1/32 印张：7.25 字数：115 千字
版次：2022 年 12 月第 1 版
印次：2022 年 12 月第 1 次印刷
定价：39.00 元
....

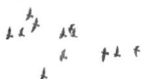

序

沈天鸿

中国古代诗词之佳者，历久弥新，魅力不减，一代一代的中国人爱读、能背，会下意识地想起或者脱口而出。可以说，古诗词已经成了中国人心中的文化基因。所以，即使是白话文、自由体新诗盛行的当代，旧体诗作者队伍也极其庞大，何其三就是其中值得称道的一位。

旧体诗这种超越时代的巨大魅力由何而来？在我看来，主要是因为韵味。

最早把"味"引入文学理论，认为文学作品应该有"遗味"的是西晋的陆机——"遗味说"是对庄子"言不尽意""得意忘言"的一个回答。其后，刘勰在《文心雕龙》中将"味"作为文章风格之一而使用，所指仍然是"遗味"，亦即"余味"。陆机、刘勰都没有对"味"的美学内涵进行论述。此后，钟嵘在《诗品》中提出"滋味说"并且做了阐述，确立了中国诗

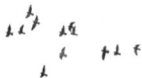

学中的"诗味说"。到了唐代，司空图将"诗味说"发展成"韵味说"，主张"韵外之致""味外之旨"兼具（司空图《与李生论诗书》），而这是由"味外之味""象外之象""景外之景"而产生或者说获得的。有了韵味，才有意境。司空图强调"辨于味而后可以言诗也"（司空图说的味是韵味）。这就把诗和只是用了诗的形式的所谓的诗区分开来，当然，也使诗和其他文体的作品区别开来。由此可见，韵味是诗所独有的美学特质，而且又是与意义（旨）融合在一起的，这样的文学作品，历久弥新，魅力不减，就是理所当然的了。

司空图之后有严羽、王士禛、王国维等丰富并发展了韵味说，这儿就不赘述了。

何其三的诗词，显然继承了中国古代诗词的韵味遗产，努力并善于建构象外之象、景外之景，以产生韵外之致、味外之旨，从而建立起意境，又以意境容纳象外之象、景外之景，使整个作品的结构浑然一体又有开放性，韵味十足，摇曳多姿。尽管这本《何其三山水绝句三百首》因题材单一，诗的形式基本都是绝句，所以辗转腾挪难度大，但仍可看出上述特色，

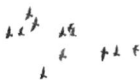

例如《过冶溪卷蓬桥》其三：

> 老藤遍绕绿幽幽，石拱弯弯古意浮。
> 八百年来桥未动，宋朝溪水早东流。

一二三句都看似写实，但有了第四句全诗皆活，老藤、石拱都成了象外之象，都是景外之景，而八百年未动的整座桥，与一岁一枯荣的老藤、浮现隐没中变幻的古意、桥下不停流逝的溪水，构成了意味深长的"相对论"，并且由此使得各意象统一于一个特定的美学之境，意境因此得以形成、辐射并产生韵味，文已尽而意有余，韵外之致、味外之旨兼而有之。

这首诗语近情遥，含而不露。只写眼前景、口头语，而有弦外音，使人神远。这正是何其三诗词的又一艺术特色。而这，正是沈德潜认为七言绝句所应有的（参见沈德潜《唐诗别裁集》）。

至于施补华《岘佣说诗》认为的"七绝亦切忌用刚笔，刚则不韵。即边塞之作，亦须敛刚于柔，使雄健之章，亦饶顿挫，乃不落粗豪"，则天然地适合何其三——何其三诗词骨子里是婉约的。几年前我在

《何其三词三百首》首发式发言中论述过这一点：

> 何其三的词清新活泼、细腻委婉，从风格上看，总的来说属于婉约派，但加入了她自己的特色，就是活泼，是活泼的婉约，或者说是蹦蹦跳跳的婉约。

这话说的是词，但也适用于她的诗——词是可以称为诗的，何况婉约是风格，风格亦会体现于作者所写的其他体裁的作品。以柔婉为基调的婉约古已有之，抒写离愁别绪，或闺情绮怨，五代即已形成以《花间集》和李煜词为代表的香软词风。何其三以词入诗，变香软的婉约为活泼的婉约，蹦蹦跳跳的婉约，就使得这有活力的婉约变成何其三的了。不过具体就这本《何其三山水绝句三百首》来说，因为常常写到古迹吧，这婉约中有了淡淡的深沉——只能是淡淡的，因为活泼的本性改不了，活泼只能收敛一些，而深沉被仍然无处不在的活泼渗入，也就只能是淡淡的了。

潘德舆在《养一斋诗话》中说："七言绝句，易作难精。……必有弦外之音，乃得环中。""弦外之

音"是司空图"韵外之致""味外之旨"的又一种说法。何其三的七绝，好就好在有这个"弦外之音"。

这就保证了何其三写出的是诗，是比较好的韵味悠长的诗，而不只是写出了七律七绝等。现在中国旧体诗作者中的许多人，包括某些名气很大的，作品大多数是只能被称为律诗绝句之类，而不能说是诗。

何其三的诗的确是诗，并且多有佳作，也在于才情。就七绝而言，清人王夫之就认为此体以才情为主，所谓"才与无才，情与无情，惟此体可以验之"。何其三写了几百首七绝，并集为一书，颇似把自己架在火上了。好在她有所需的才情。情在前面已经说到了，是活泼的婉约之情；才则是诗才。写诗确实需要诗才，有散文之才、小说之才都不足以写诗。诗才是什么才呢？说清楚很麻烦，它既是用文字创造诗意之才，也是在现实世界建构起又一世界之才，还是技术层面营造意象、生成意境、产生韵味之才，等等。但简单又概括地说，是别出机杼之才，也就是对于任何写作对象，都能或者至少是常常能有出人意料的诗思。吴乔《围炉诗话》中所言"七绝乃偏师，非必堂堂之阵，正正之旗。有或斗山上，或斗地下者"可作此解。何

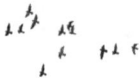

其三这本诗集中的诗，许多都是"偏师"，例如——

《暮春访太湖嵯峨寨》其二："游人纵使都离去，万顷青山未必空。"

《暮春太湖蔡家畈古民居见古龙泉》其一写古泉："许是天公开一眼，留于人世看沧桑。"

《金湖水上森林过玻璃栈道》："栈道原非真实地，人生最怕是悬空。"

《古民居见墙上苔痕斑驳》："伸指轻摩墙上绿，光阴触手便千年。"

《于黟县驱车觅花》："沿途田野皆看遍，花不觅人人觅花。"

《登黄尧古道见岭上云》："悠悠终日了无争，忽尔留停忽尔行。岭上浮云真淡定，见人来往不曾惊。"

等等，不胜枚举。

按照我写诗的经验，这样的诗句的写出，绝非推敲可得，更不可能是两句三年得那种，而是写到那儿时忽然就灵机一动，妙手偶得之，其来如海上生明月，去似退潮之水。何其三应该也是写诗时能有这样的状态，所以才频频写出这样的诗句。而写作时能有这样的状态，需要的一是诗才，二是相当好的文学的以及其他学科的修养。

　　有才之后就有个才大才小的问题。孙绍振先生《论绝句的结构》中说，同样写思乡，贾岛的《客思》"促织声尖尖似针，更深刺著旅人心。独言独语月明里，惊觉眠童与宿禽"不如柳宗元的《与浩初上人同看山寄京华亲故》"海畔尖山似剑芒，秋来处处割愁肠。若为化作身千亿，散上峰头望故乡"，因为贾岛停留在观照景物的层次上，柳宗元则不然，第三、四句转入超越性抒发，从现实的描绘转入想象的虚拟，从外在景象的描写转入感情的狂想，形象的深度大增，感情的境界大开。"有才与无才，才大与才小往往在此处可窥一斑。才疏者往往在第三句拘泥、执着、局促，才高者往往于第三句排开新宇。"孙先生所论自是可以自圆其说，不过我认为柳宗元这第三、四句的好不在于转入感情的狂想，而在于它是出人意料的诗思，是"偏师"。但孙先生"有才与无才，才大与才小往往在此处可窥一斑"的判断，我是极赞成的。许多人的作品，包括何其三的这些七绝，都是正面的证明。

　　何其三还注意并致力于题材的开拓，不论是对于古代诗词还是当代诗词，生活中通常不入诗的人或现象，都被她填成了词，写成了诗，并且可读，这在题材开拓上当然是一个贡献。不过，我认为恰恰是这类诗多停留在表象。像《题东北新城花溪公园》这样的作品，就不如她其他的诗深远。写生活的诗停留在表象能获得的仅仅是所谓的生活气息，而且是等同于烟火气的生活气息。而就诗词来说，仅有烟火气的生活气息是远远不够的。她的好作品在这类题材的作品之外，有意境有韵味，并且多有意味隽永的佳句。这说明什么？说明诗需要的是意境、韵味，而不一定非要有所谓的"生活气息"。或者说，"生活气息"宜广义地理解，不宜等同于烟火气。

读何其三有佳句的诗，会发现其佳句不是梗塞的骨头，或者孤岛，而是和谐于全篇，是整体的一个有机部分。这表明何其三诗词的功力相当精湛，也提示我们，好诗是要有佳句的。再注意看看，会发现这些佳句有一个共同点，这就是它们都是其所在那首诗内含的思想的标志。这就又提示我们，好诗总是需要思想内涵的，并且是独特的思想内涵。何其三的诗词常常有这样的篇什，是她的诗词能产生一定影响的重要原因之一。也正因如此，何其三的诗词创作取得更好

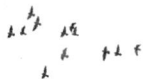

的成就是可以期待的。

2012 年我有一首步韵答友人《论诗》，庶几可借用于论何其三诗：

> 海日天风偏有韵，诗心缥缈却堪凭。
> 灵犀一点生龙气，顽石千年化老藤。
> 道本虚无似云水，法原变幻隐阶层。
> 惊雷掣电相逢处，泪雨犹藏孰可能？

谨以此为《何其三山水绝句三百首》序，并祝贺它付梓问世。

二〇二一年八月四日于安庆

（沈天鸿，中国作家协会会员，高级编辑，安徽省作家协会第四、第五届副主席，安徽省散文随笔学会名誉会长，著名诗人、文学评论家、散文家。）

目 录

潜山篇

肥东篇

宿松篇

宿松五里高铁

曾于归路羡仙槎，几日苦挨难至家。
来岁车行才一瞬，南边即见北边花。

畅想三年后的金秋十月

才说远游于异乡，须臾共对菊花黄。
任他万里关山隔，从此不叹归路长。

注：宿松五里高铁站预计 2022 年 10 月投入运营。

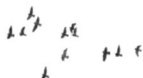

漫步北沿江公路（二首）

其一

洲上黄银是稻棉，后山塘裂起青烟。
旱时仍见丰收景，只靠贤人不靠天。

其二

白棉黄稻影双双，一路宽宽通此邦。
天下粮仓鱼米地，明朝看我北沿江。

注：北沿江公路路基宽二十四米。

北沿江公路见成片蓼花和凤眼蓝

未降甘霖已月三，后山已少碧波潭。
洲区水足风光好，红蓼花连凤眼蓝。

注：凤眼蓝，水生植物；后山，洲区人称洲区外的地域为后山。

即　　景

晚稻流金秋正肥，入眸美景动心扉。
昔时唯见棉堆雪，今日渠田有鹭飞。

注：北沿江公路改变了洲区只产棉花不产水稻的产业结构。

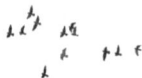

见北沿江公路棉桃白如初雪

虽唤桃名实雪胎，欣看诗客近前来。
为人体贴送温暖，未得春风花也开。

黄湖桥似玉梳插于大观湖和黄湖上

湖光潋滟两眉舒，水澈能窥逐队鱼。
波若柔丝谁理顺，黄湖桥似象牙梳。

黄湖桥跨大观湖和黄湖

鱼儿逐浪自由浮，美景无边难尽收。
笑我虽然身量小，一抬足踏两湖秋。

倚黄湖桥栏杆俯瞰

烟云浩渺水深深，凝看湖光感昔今。
未趁舟船行水上，影偏印在碧波心。

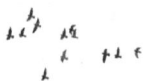

黄湖桥上见水中有芦花摇曳（二首）

其一

金风细细拂衣轻，白头芦花最用情。
昔日舟船开水道，明朝可作丽人行。

其二

水涯一隔似天涯，不得相亲暗自嗟。
明岁秋来桥上立，手伸便可摘芦花。

注：听介绍黄湖桥可提前半年完工。

漫步东北新城（三首）

其一

夕阳湖上落徐徐，旖旎风光名不虚。
有水有山还有韵，周边人在画中居。

其二

奇花异草四时生，人在江南画里行。
不是惠民良策好，谁能寻梦到新城？

其三

信步随心意兴长，竹吟细细水生香。
新城已自多佳韵，不必寻诗去远方。

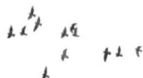

过花溪、龙湖公园

花光艳艳水粼粼，鸟雀娇呼互语频。

得拥两湖身左右，今朝有福胜齐人。

注：花溪公园毗邻龙湖公园。

花溪公园一瞥

柳迎蝶逐鸟相呼，云在波心水在湖。

绿道犹如长锦带，花溪好似一明珠。

题东北新城花溪公园

跳波水面撒明珠，曲径弯桥景色殊。
一自花溪露妆面，宿松也有小西湖。

花溪湿地

花如霞锦草如茵，明月清风是比邻。
遥想莺飞三月里，堤边尽是踏青人。

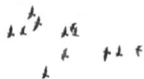

花溪公园之荷田小径

曲径黄花漫作丛，风光不与夏时同。
明年莲叶摇青日，来看荷花别样红。

花溪公园之荷潭垂钓

堤边垂柳水中荷，细雨斜风披绿蓑。
不必江头做渔者，市中自可钓烟波。

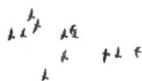

花溪公园之荷苑竹风

穿径过桥到竹林，荷池碧水浴鸣禽。
风光旖旎夺双目，未负游人观赏心。

花溪公园夜景

连枝灌木尽朦胧，花失绯绯白日红。
月似一枚弯玉佩，知谁遗落小溪中。

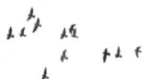

东北新城龙湖公园

不记相看有几回，奇花无数四时开。
龙湖今是长春地，引得游人如织来。

龙湖公园之幽潭薄暮

幽潭小立已销魂，山映斜阳露一痕。
莫道黄昏情味薄，最多情处在黄昏。

装春天

各色野花纷道旁，撷回斗室可添香。
青瓷注水案头置，一个春天瓶里装。

注：于沙河坝撷回野花。

仲春于沙河边嬉水

柔柔丝草绿如茵，欲放初花最可人。
河水盈盈蓝一片，手伸便可与天亲。

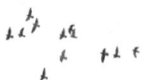

护　花

谷深多盛野山风，无主春花独自红。
怯冷偏怜花体弱，故呵柔朵手心中。

注：于河西山上。

在小孤山迎接东至菊园诗社诗友恰遇大风

陪客江边作漫游，衣巾吹得荡悠悠。
知他风也有情感，应是今朝喜过头。

晨过凉亭河

弯腰丽女手频抡，砧杵声声听得真。
前日天公垂雨后，河边多是浣衣人。

注：连月干旱，幸得喜雨。

与花相约过小桥

隔岸风光数步遥，我行缓缓你难超。
忽而一阵疾风起，花已先人过小桥。

注：过凉亭河石桥。

太白书台

六角书台隐古城，苔痕侵径草横生。
今看南寺念经客，谁把唐诗诵一声？

洲区见湖上人家

朝挟烟云晚带霞，湖田种藕遣生涯。
爽心凉意知谁送？半是清风半是花。

洲区见油菜花

万叠千株开作林，田间一任野风侵。
身虽穿着黄金缕，依旧全无富贵心。

初夏松兹小院即景

小桃青绿待风催，黄熟枇杷摘几枚。
粉蝶纷纷过院去，隔墙应有菜花开。

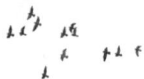

宿松往合肥道上

绿树红花两面环，太湖过后是潜山。
路如画轴铺长卷，纵使风来也不关。

深秋于车上看景

窗外风光人看痴，秋肥正是菊开时。
松兹自古书香地，户户门前都种诗。

注：随老年大学诗词班看五里高铁，沿路见户户门前秋菊争艳。

过宿松高速公路（二首）

其一

一丛翠绿一丛丹，赐我灵心良足欢。
顷刻如风过十里，绝胜打马把花看。

其二

逆旅何寻解闷方？风光四季细参详。
路途且当诗书读，一卷摊开百里长。

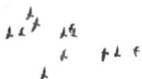

宿松高速路边见樱桃林

路行至此九回弯，掐算逢时指几扳。
粉雾红云才入眼，旅人孤寂一时删。

宿松高速上见路边树

有情花木也相牵，路上时逢便是缘。
初见指粗成合抱，你今繁绿我中年。

暮夜访太阳村荷塘

一塘清影正堪怜，远远相看未近前。
今夜无星又无月，料猜花已枕云眠。

于太阳村荷塘边

曲塘艳艳盛芙蕖，密处人多疏处疏。
唯我偏偏立疏处，荷花不看只看鱼。

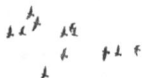

雨中登白崖寨

松门遇雨未曾关，地藓新斑连旧斑。
遥望峰头红一片，知春先我访云山。

白崖寨山行见桃花

除却清风少客来，年年潜落又潜开。
乱生荒垄野溪地，胜过玄都观里栽。

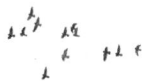

谷雨后白崖寨寻春

不知春已去何涯，欲到深山来觅他。
已过高峰还入谷，涧幽偷隐一沟花。

白崖寨见山溪

愈近源头水愈清，绵绵缓缓向东行。
一穿崖石千波响，得遇不平偏有声。

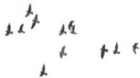

白崖寨山溪边（二首）

其一

欲得心清何处求？轻风和我两悠悠。
人生最是安闲事，不过溪边看水流。

其二

野花遮路绿苔侵，昔日同来今独临。
溪水那时明似镜，奈何照不见人心。

初夏夏家村行游（二首）

其一

瓜蔓放丝花木稠，农家近日正堪游。
红红粉粉端阳锦，一路枇杷黄到头。

其二

晨来趁步已忘归，绿草尖头露渐肥。
欣看沿途有佳景，红榴花接粉蔷薇。

严恭山崖边见一树野桃花

溪上崖边寄一身，未知经历几多春。
孤根莫问谁为主，只属青山不属人。

春日严恭山顶一览

芳草添香花作丸，白云舀勺即能餐。
山如手掌平摊出，似托春蔬一满盘。

宿松河西山暂坐

行到青青山一隅，紫苔石上坐无拘。
袭人尽是野芳气，遍地花香不用租。

河西山春日溪行

薜径全为蔓草遮，沿途拦我是春蛙。
痴人为觅桃源路，岁岁缘溪认落花。

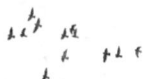

凉亭东山崖石旁小坐

脚底烟云锁薜萝，近旁灌木舞婆娑。
攀崖不为坐高位，为得清风拂面多。

无名山见野潭

山深地僻发清泉，绿草红花围四边。
遥看堪堪如碗大，野潭口小却吞天。

登无名山见破败老屋（二首）

其一

门边两簇绣球花，杂草丛中灿若霞。
每到时来仍绽放，不知旧主已搬家。

其二

不知昔日是谁家，门上依稀字迹斜。
屋内空空人去久，屋前仍放旧时花。

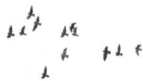

于邓山见杜鹃一枝开于山旁

杏桃消息远天涯，山上清寒无可遮。
幸得红娇情味足，向人先献一枝花。

黄湖边见一小红船船身斑驳搁置岸边

红褪苔生认已非，冲舷浪似白蔷薇。
采莲儿女萦心事，曾是轻舟载得归。

竹墩桥赏荷（二首）

其一

荷塘夏日景尤佳，绿盖无风亦自斜。
但见鱼潜水深处，蜻蜓飞上最高花。

其二

佳景同中有不同，满塘未见半丝风。
赏荷最合天当午，日最烈时花最红。

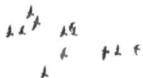

攀宿松无名山

杂花野树白云环，溪水还如月样弯。
何处能生林壑趣，应知不只是名山。

登无名山见野花

英蕤自发万千枝，深悔今春会面迟。
怜你山中红到紫，依然不肯报人知。

岳西篇

岳西店前镇饮司空吟坛酒

潋滟流霞反复斟，夜光杯满感恩深。
稀珍不止高河稻，更有殷殷待客心。

注：高河稻两棵间距须二尺左右，产量低，司空吟坛酒以此稻酿
造而成。

黑龙潭见溪鱼

穿荇追云自在游，白云生处出清流。
波心有影未惊去，应是无曾见钓钩。

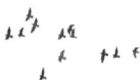

于小懒漫步乡间小道见眉豆花累累垂垂

一路行来一路嗟，紫苞垂蔓密如麻。
问言秋到谁先觉，应是村头眉豆花。

二祖寺水池边洗眼后眺望司空山

蓬莱比得似凡姝，第一禅山天下无。
知我尘心犹未尽，洗眸才敢看明珠。

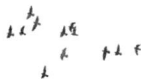

司空山二祖寺练武场小山坡上

不借云梯也可攀，身轻如鸟片时还。
世间山顶易翻过，难过心头那座山。

过冶溪卷蓬桥（五首）

其一

野花已换百番新，石隐前朝车马尘。
今日我从桥上过，当年来往有何人？

其二

风痕雨迹惹心牵，两两三三行并肩。
开口尽言南宋事，卷蓬桥上话流年。

其三

老藤遍绕绿幽幽，石拱弯弯古意浮。
八百年来桥未动，宋朝溪水早东流。

其四

来回频看石桥边，斑驳旧痕殊可怜。
自读崖山兵败后，避谈南宋已多年。

其五

桥石凉凉以手扪，宋朝旧事又重温。
光阴留迹于何处，且看风痕叠雨痕。

注：岳西卷蓬桥建于南宋。

见冶溪卷蓬桥桥身与倒影相合宛如杏眼

清波从不管兴亡，任凭卧虹经雪霜。
倒影弯桥合如眼，看过八百载沧桑。

近暮黄焱焱美女招饮岳西梓树村

山弯行过见溪桥，身似轻风一样飘。
莫问何如归鸟急，白云生处美人招。

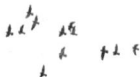

夜宿梓树村（一首）

其一

依山房舍近桑田，正是乡村九月天。
幽籁虫声清似水，夜深淌到卧床边。

其二

起坐灭灯推枕衾，开窗好待月来临。
清光秋夜凉如水，未湿衣衫先湿心。

于岳西头陀镇梓树村小溪中捉虾（二首）

其一

青石翻开见白沙，捉来几只带须虾。
精灵掌上尾才摆，搅得心头起浪花。

其二

潜入清溪水草丛，团来十指作虾笼。
细看不过两三只，一段童真捧掌中。

启社成立五周年于梓树村野溪边
举行篝火晚会

人同月影共蹁跹，篝火红红不起烟。
别后一生堪记处，秋宵梓树野溪边。

太湖篇

与启社诸子、太湖诗友夜饮拈韵得"莺"字游太湖大灵山

谷幽忽有鸟声鸣，抬足还停不欲惊。
今日深山闻布谷，胜过柳下听流莺。

诸诗友游太湖大灵山

白似轻云红似霞，山坡曲径已全遮。
怕伤繁朵绕开走，纵是人多不挤花。

太湖大灵山暮春山行

相约暮春登翠微，山花未有减芳菲。
蝶应不识尘间事，路遇行人竟不飞。

暮春太湖大灵山野花灿烂

红红白白吐繁英，有意送香遮道迎。
我未笑时花已笑，山花比我更多情。

大灵山见杜鹃花开分外红艳（二首）

其一

山脚抬头久久望，漫坡穷谷尽花光。
许因迎接远来客，有意红铺锦一张。

其二

最宜生在白云乡，不在淹淹名利场。
燃得青山红一片，何须艳羡寿阳妆。

太湖大灵山登顶眺望（二首）

其一

犬吠鸡声不可闻，天风时起峭崖垠。
白衣人在峰尖上，山下看来应是云。

其二

今朝得近日华边，时有白云飞我肩。
河水俯瞰如细线，稍稍抬手可扪天。

太湖大灵山春游将归

归时一步一回头，悔未山中筑小楼。
明月清风无限夜，可怜尽为野禽留。

太湖大石乡泊湖边有思

万顷湖波一色光，岸边伫立羡渔郎。
可于细雨斜风日，直驾扁舟到下仓。

注：太湖大石乡泊湖与宿松下仓泊湖相连。

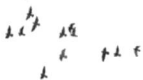

太湖大石乡泊湖湖滩捡拾枯竹竿垂钓

枯枝持手坐湖头，春水翻波光欲流。
闲趣应须用心钓，竿头何用挂银钩。

车过太湖乔木寨村沿途时见紫云英

沿途时向眼边明，闹市无踪田垄生。
若问谁多泥土味，应无花胜紫云英。

暮春访太湖嵯峨寨（二首）

其一

弯弯小道似蛇伸，除却草花何可亲。
今日无谁烧土灶，山中难遇打柴人。

其二

千鸟啼过鸣百虫，杜鹃花已遍山红。
游人纵使都离去，万顷青山未必空。

访太湖嵯峨寨有山鸟一路相随

滴溜溜转动双睛，殊不避人时一鸣。
今入山中真有幸，沿途有你作同行。

于佛图寺旁竹林见春笋

新笋才成东面栖，我忧弄折避于西。
直须几日成修竹，可作鱼竿钓碧溪。

于佛图寺旁竹林石阶静坐

已觉身多尘垢痕，自惭不敢入山门。
先于近寺竹林坐，清气借来除俗根。

佛图山竹林石阶静坐未登天柱塔

应知塔厌俗人登，纵着袈裟不是僧。
闭目神驰天柱上，将心抵达最高层。

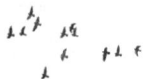

暮春太湖蔡家畈古民居见古龙泉（二首）

其一

古泉触手觉微凉，引我悠悠思绪长。
许是天公开一眼，留于人世看沧桑。

注：龙泉是一眼千年古泉。

其二

清波已作百年流，悲绪无端暗暗浮。
何事人间拦不住？光阴逝水与春愁。

太湖蔡家畈古民居见私塾故址（二首）

其一

小小明清一古居，光阴百载尽存储。
几多学子鸡鸣起，读破人间万卷书。

其二

无边思绪倩风梳，今日凄清不似初。
遥想当年此墙内，垂髫童子诵关雎。

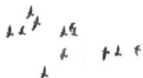

暮春太湖阿青牧场所见

泊湖鸥鹭共云翔，草色青青花色黄。
堪笑猧儿最无赖，漫追蜂蝶戏春光。

暮春与启社诸子赴乔木寨过花凉亭水库见春山倒映碧波上

亭亭玉立几灵峰，湖上清波照影踪。
我对春山笑相问，簪花临水为谁容？

访太湖乔木寨

山寨古风今尚存，指途翁媪语温温。
怕人不识前头路，争说缘溪可到门。

暮春太湖乔木寨访农家

石罅清泉引到家，屋头山洞可储瓜。
足抬便入青云里，一面竹林三面花。

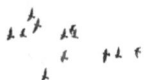

乔木寨于诗友私家小亭中闲坐

倚栏可见麦盈畦，望后竹林多鸟啼。
得在亭中三面坐，胜过载酒上杨堤。

暮春于太湖乔木寨诗友家
乞得萱草几株植于庭中

卿从乔木寨中来，我趁春风带月栽。
有待来年仲夏日，太湖花在宿松开。

暮春太湖乔木寨诗友家宴

炭火漫烹新焙茶，米汤莹白泡锅巴。
山珍席上弄春色，黄笋红菇绿蕨芽。

观太湖小池镇乌龟石旁留影

忽觉浮荣不足论，笑看当日影留存。
石同山比石何小，石上人如苔一痕。

淮安金湖篇

暮春至金湖县（二首）

其一

莲叶如钱渐已多，多情湖水送清波。
些微有憾因何事？今到荷都未赏荷。

其二

暮春来到不为迟，秀树奇花各有姿。
试搦宿松三寸笔，为金湖写万行诗？

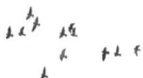

观二月兰花海咏二月兰（八首）

其一

于三春暮到淮安，繁朵翻波作紫澜。
已是人间众芳尽，金湖尚有好花看。

其二

众芳凋尽你为珍，多少眸光聚一身。
青帝怜人少花看，故留此朵殿残春。

其三

水杉树密鸟声繁，风起林间紫浪翻。
二月兰开娇满眼，胜过晋客有桃源。

其四

二月兰多吐紫苞，十分妩媚到花梢。
一从拾得残英瓣，佩在衣襟未忍抛。

其五

紫波正起浩无穷，人似浪花融海中。
知否我从千里外，特来与你共春风。

其六

暮春也有好芳华，二月兰开无际涯。
踮足牵衣侧身过，怕人无意损娇花。

其七

千重秾紫浩无垠，袅袅风中殊可人。
二月兰花今看过，才知未负一年春。

其八

苞挨叶挤紧相依，万顷花光见所稀。
风起连连退三步，恐他紫浪溅人衣。

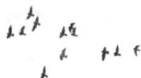

游金湖水上森林

二月兰开似紫烟，有 人 立 在 水 湖 边。
蒹葭丛里趁闲步，如入《诗经》三百篇。

金湖水上森林知青屋

红砖墙上绿苔生，屋角团团蛛网萦。
料得当年放工后，此间多是口琴声。

知青屋所见有记

光阴逝去有依凭，欲觅印痕非不能。
请看墙头熏黑处，曾经累夜挂油灯。

过金湖水上森林知青林

一段青春安可忘，参天杉树记流光。
曾经围垦湖堤处，送水当年有小芳。

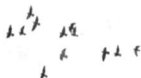

水上森林侧卧秋千吊床

身盖烟云头枕花，树缝日过影斜斜。
草如好女侍人侧，耳边奏乐有鸣蛙。

坐森林火车

火车虽小载光阴，花海才穿又过林。
耳畔儿歌骤然起，唤醒多少少年心。

水上森林见游客坐滑滑梯

尖呼高喊不成音，令我怅然思不禁。
得向高时尽欢喜，往低处滑自惊心。

金湖梦幻森林世界暮春遐想

水杉林里最宜秋，点点飞萤似火流。
七夕宵深尽鸳侣，来看织女会牵牛。

注：夏季萤火点点，闪耀在杉林之间，如梦如幻。

暮春森林信步见风过落花成阵

风过林芳落道旁，我今捡拾入行囊。
落花莫道无何用，可置衾边染梦香。

金湖水上森林捡拾落花

林密溪幽曲径斜，沿途半被积英遮。
这边吹落那边拾，恼恨春风不惜花。

暮春过爱情隧道见紫藤花唯剩零星几蓬

昔日葳蕤万丈光，开时秾艳谢凄凉。
唯情不共春归去，爱比藤花更久长。

金湖水上森林过玻璃栈道

扶栏挪步闭双瞳，耳听呼呼四面风。
栈道原非真实地，人生最怕是悬空。

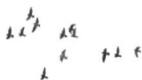

金湖水上森林呐喊泉

得会白云应不难，蜿蜒好似玉龙蟠。
喊声一起飘然上，胜过塘池泛细澜。

竹筏漂流见水杉气根

竹筏悠悠水上行，森森似过古军营。
池杉也学始皇帝，好在岸边屯甲兵。

暮春过金湖姑娘田

青青一片尽新秧，白鹭翩飞增景光。
堪羡此田真有幸，小名竟也唤姑娘。

暮春别淮安金湖

清清碧水鹭鸥凫，万点荷钱景色殊。
料得今朝人去后，连宵梦里尽金湖。

徽州篇

金陵归后不久又被邀至黟县

风光长短不如秋，万紫千红一雨收。
笑我为追春脚步，金陵才过又徽州。

与启社诸子相约徽州看花（二首）

其一

还见天边隐月轮，抹腮未等粉涂匀。
起程莫问心何急，唯恐时花不待人。

其二

让人痴绝恋殊尤，魂绕江南烟雨楼。
一自那天相约后，连宵随梦到徽州。

宿黟县召合柒善民宿（二首）

其一

何妨帘外雨无休，喜上江南小画楼。
今夜人眠最安稳，无须逐梦到徽州。

其二

日昏才得近徽州，留宿明清旧画楼。
倚镂花窗听夜雨，无端便替古人愁。

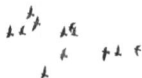

倚召合柒善民宿小院美人靠

堪堪不过尺余宽，曾载佳人多少叹。
今日我于深院里，无愁犹自倚栏杆。

见美人靠边苔藓比别处腴润

日色看残月色生，心忧羁客阻归程。
栏边苍藓多腴润，尽是美人珠泪倾。

徽州印象（三首）

其一

总觉徽州似美人，入眸便可惬心神。
去年深悔未曾到，使得相逢迟一春。

其二

美人靠共镂花屏，天井回廊水绕庭。
徽州细品如中酒，归后几天犹未醒。

其三

青瓦粉墙斜屋坡，浣花溪水绕村过。
入眸处处皆风景，堪羡徽人眼福多。

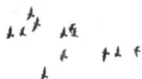

古民居见墙上苔痕斑驳

细从陈迹认从前，最旧痕生苍藓边。
伸指轻摩墙上绿，光阴触手便千年。

从雕花窗外看古民居

透过雕花看四边，曲廊洞户紧相连。
迹痕不与春同去，一眼能观几百年。

徽州春行

天井牌坊多藓痕，马头墙共月形门。
弯桥一日几经过，看遍江南多少村。

于黟县驱车觅花

油菜金黄桃似霞，每逢佳景必停车。
沿途田野皆看遍，花不觅人人觅花。

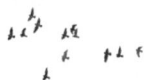

见黔县油菜花（二首）

其一

陇上田间岁岁开，未从红杏倚云栽。
东风一到展黄锦，似替春天宣诏来。

其二

知无颜色可倾城，蕊小苞柔体自轻。
开遍地头田垄处，从来不傍玉阶生。

为看花人描像

腰扭身偏脸侧斜，红裙舞动彩巾遮。
入芳丛里争留影，多少游人为看花？

黟县路边见断垣枯井

油油青石净无沙，几只涎蜗缓缓爬。
今日颓垣与枯井，从前应也是人家。

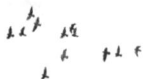
西递宏村户户清水绕宅

流泉绕户碧盈盈，风起无波到底清。
料得晨光微露后，门前尽是捣衣声。

入西递见坡上桃花（二首）

其一

有意依山傍水栽，此花名籍落蓬莱。
天生自带烟霞气，不惯沉香亭北开。

其二

碧桃生在水村西，一阵风过红满蹊。
遍地落花人莫拾，且留紫燕作巢泥。

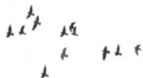

在西递

扑面悠悠是古风，幽深狭巷似迷宫。
人沿暗绿苍苔迹，走入千家故事中。

于西递小巷

油油麻石藓青青，勾起幽幽思古情。
可惜长长深巷里，如今无有卖花声。

登西递古楼思关盼盼

凄泪连晨带夜流，闺中人替旅人愁。
虽多画栋雕梁饰，全似悲情燕子楼。

徽州西递见拴马石

苔痕斑驳勒痕深，旧事痕中细细寻。
料得能拴往来马，难拴南北旅人心。

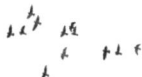

早春西递古民居见百年牡丹

一身素净绿衣裳，早把荣枯视若常。

风雨已然经百载，比人应更识沧桑。

见西递村叶形漏窗

百年风味此犹存，纵使身多绿藓痕。

可叹人难如草木，一经秋到便归根。

注：叶形漏窗，寓意为主人要叶落归根。

于徽州古民居天井旁

能透晨光和月光，苍苔生石显凄凉。
朝天看处如拳大，却替相思留一方。

徽州古民居天井有四水归堂之说

古屋中空留一围，能看日色白云飞。
雨天四水归堂后，可恨天涯人不归。

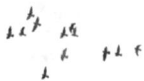

入齐云山（六首）

其一

任花峰脚到峰巅，沿路不为他物牵。
今入深山唯一事，随风捡拾白云篇。

其二

百舌娇啼谁不怜？野花烂漫草缠绵。
欲知何处有真意，细读深山无字篇。

其三

万木凝烟正郁葱，斜斜小径与天通。
绯衣人入青山里，人在青山深处红。

其四

奇香四季自绵绵，春朵秋花处处妍。
借得山林栖一角，不须时付买花钱。

其五

青青芳草色同裙，扑鼻花香隔坞闻。
谷口先将鞋擦拭，免教尘染岭头云。

其六

不恋春山笋蕨肥，今朝为采野芳归。
林深难觅幽花处，睃看蝶蜂何处飞。

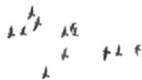

齐云山坐缆车见满坡白玉兰

今在云端看得真，瓣如罗绮色如银。
纵然不是花中冠，却比牡丹先占春。

齐云山山道旁花树繁密

又似烟霞又似云，一从风过落纷纷。
飞花有意向人扑，知我衣衫久待熏。

登齐云山避雨见桃花

谁于天上撒珠玑？恐把繁枝催到稀。
撑伞还分花一半，任他雨湿半边衣。

齐云山桃花树旁见小情侣

林间两两并肩游，才接眸光各自羞。
还是桃花知意趣，飞来斜插美人头。

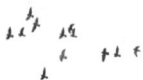

齐云山烟雾缭绕

桃初开处似霞丹，时现时藏态万般。

更胜佳人半遮面，好花最合雾中看。

齐云山永乐古道

一段光阴何处追？试从古辙迹中窥。

千年石上痕深浅，留者不知终是谁。

登齐云山望月华天街

斜斜石径费周旋，层嶂溶溶翠接天。
应是人家离不远，遥看树杪有炊烟。

过月华天街见户户种兰

层层石径窄还斜，逐雾随云可到家。
自是真仙幽隐地，门前最合种兰花。

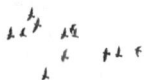

过齐云山月华天街（二首）

其一

山深天远白云多，墙上马头披薜萝。
得在山中居几日，教人不羡五湖波。

其二

白雾蒙蒙散复遮，四时绕屋有奇花。
齐云山里千般景，尽属云中廿八家。

注：齐云山天街有住户二十八家。

见启社诸子徽州归后佳作迭出

好花恰在半开时，相约游观未算迟。
应是徽州春最好，人归尽赋探春诗。

徽州归后看采风微信群

逐日新图每叠加，菜花金色杏如霞。
归来仍有江南信，让我屏前还赏花。

潜山篇

车至潜山

心急常忧归路遥，凉亭桥接太湖桥。
合肥经此还余几？过了桐城才半腰。

庚子年菊月到潜山有记

千言如水自潺潺，案上灯开久不关。
临寝还于笺上记，今年此日到潜山。

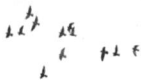

庚子秋潜山天堂村漫步所见

黄昏两妇话家常，一道渐寒忧起霜。
一指残霞说晴好，相邀明日去收姜。

潜山天堂村河畔见芭蕉有题

碧叶宽宽绿似烟，种于河畔远窗前。
农家耕作起身早，免使蕉声扰夜眠。

潜山天堂村河边见村妇洗菜

天才麻亮启门扉，雨后欣看秋水肥。
村妇心牵早炊事，新蔬洗罢挽篮归。

潜山天堂村见农家小院

蝴蝶屋头飞一双，寒虫壁角换新腔。
紫苞扁豆花开盛，前绕篱笆后绕窗。

游潜山凤形山三祖寺有感（二首）

其一

莫言忧乐总无涯，人似恒河一粒沙。
心力多于何处用，登山临水又看花。

其二

风吹落叶点苔矶，行到山腰日影稀。
仙客樵夫皆不见，林间空翠湿人衣。

潜山三祖寺放生池

水面无波澈底清，游鱼人到未曾惊。
心头善念如长在，何必小池来放生。

侧身坐于三祖寺石阶小憩

欲坐还思让客先，将身微侧石阶边。
近旁我且腾空去，好与秋风肩并肩。

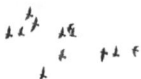

于三祖寺石刻摩崖

境幽偶有鸟声闻，高耸摩崖绕雾云。
溪水如珠将玉漱，红枫似火对天焚。

题三祖寺黄庭坚与《青牛图》

旧事分明迹可寻，凤形山上气幽森。
就中一片惜惜地，你牧青牛我牧心。

庚子秋访三祖寺梅园

枝上全无半点红，年光前事易成空。
去年花逐春归去，今日梅园唯有风。

潜山凤形山林间小坐见落叶纷纷

寻幽人坐石阶中，仰看枝头半已空。
一岁一番秋序到，有时叶落不关风。

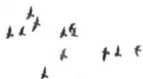

于九牧皇家鹿苑（二首）

其一

枫叶流红照眼明，耳听幽谷鹿鸣声。
今朝如入仙源路，一路白云引我行。

其二

皆言此地胜瀛洲，翠竹遍山泉自流。
不速客人应是我，尘声带入扰清幽。

九牧皇家鹿苑晨起见落叶

枝间渐少地间稠，应比枯花更可留。
且任满庭攒不扫，一堆落叶一堆秋。

九牧皇家鹿苑见散养梅花鹿

披霞衣锦发光华，万点旋成作玉葩。
纵使雪飞还不谢，鹿园四季有梅花。

于九牧皇家鹿苑与鹿合影

别离情绪逐时增，人鹿无言注目凝。
为免重来卿误认，林间留照作依凭。

潜水河滩见一只小黑羊

远处炊烟绕夕阳，一川秋水白茫茫。
青青滩上无人迹，猜是秋风在牧羊。

潜山潜水河捡石头

今朝捡石到河津，同伴相呼笑语频。
有女亭亭桥上立，明看流水暗看人。

望天柱山

云烟缭绕雾漫漫，天柱遥望意绪宽。
你我同为安庆籍，初逢也作故人看。

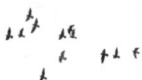

访东坡别业（二首）

其一

竹深石冷碧楼空，耳畔呼呼唯有风。
一自东坡离去后，不知谁是主人公。

其二

院庭虽小我心安，吹面秋风不觉寒。
左把黄花右红叶，东坡别业拾清欢。

潜山山谷流泉见黄菊红枫妍丽可爱

水色山光过眼前，教人愈看愈缠绵。
深秋无限风流事，尽在黄花红叶边。

于潜山空谷流泉

一溪幽碧绿于纱，脚踏浮云手挽霞。
今看流泉空谷处，游鱼吞影又吞花。

秋登黄龛岭

拽藤避棘过荒荆，野道黄花正着英。
今入深山非看景，为听古木送秋声。

黄龛山黄昏

斜阳正与碧山齐，山里黄昏令我迷。
迎客花临溪水艳，无名鸟对路人啼。

游黄龛山坳

红衣人在白云坳，连日劳疲尽已抛。
同伴相呼催我去，丝巾缠上野花梢。

望黄龛古道

寂寥古道少人攀，唯有出林飞鸟还。
遥想千年云岭上，几多倦客望乡关。

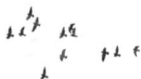

于潜山黄龛村见古道（二首）

其一

深山寻梦最宜秋，千载年光似水流。
细对旧痕参已久，疑猜应是汉时修。

其二

料猜古径已千龄，我道流光能见形。
不信细看苍石上，老苔犹带那时青。

分韵得"月"字
晚秋于潜山黄龛古道见野蕨

托根岩石何清越，秋入溪山逢古蕨。
休看今朝老叶疏，昔曾见过秦时月。

登黄龛古道见岭上云

悠悠终日了无争，忽尔留停忽尔行。
岭上浮云真淡定，见人来往不曾惊。

黄麂古道见红蓼花（二首）

其一

已无游客走天涯，石径多为蔓草遮。
红蓼不知人事改，道边犹自乱开花。

其二

垂垂紫穗尽朱英，应是离人泪染成。
无论深山南浦岸，从来只傍别愁生。

行黄龛古道见清溪

江南秋近草青青，人在白云堆里行。
驻足遥听疑下雨，近前一看是溪声。

于黄龛古道小溪边

落叶风吹频拍肩，黄昏漠漠起寒烟。
此时若问身何处？人在清溪古道边。

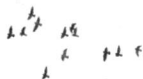

见黄龛古道石上苔痕

轻抚苔痕心已酸，斑斑蔼蔼又团团。
此为昔日断肠处，故作离人泪点看。

古道芳草

一自东边漫向西，纤纤长叶正萋萋。
劝君休作寻常看，此草曾经衬马蹄。

黄龛古道有思（六首）

其一

秋到深山天气清，蓼花开得正牵情。
汉唐思妇几多梦，多向黄龛古道行。

其二

九曲云梯对日斜，牵连思妇与天涯。
一从古道萧条后，闲着路边红蓼花。

其三

千年故事久封存，古道犹如一扇门。
今日推开试遥望，中关芳草与王孙。

其四

无语相看泪满巾，凝妆送别恰初春。
斜阳古道去人远，犹遣芳心逐马尘。

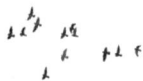

其五

石上应留秦汉尘，当年车马响辚辚。
曾经古道夜行客，多少春闺梦里人。

其六

芳草瑶花岁岁新，阿谁不是百年身？
旧阶遗迹今犹在，未见当年砌石人。

黄龛古道寻千年陈迹（二首）

其一

千年故事最悠长，斑驳余痕触指凉。
石径接天人踏遍，只为捡拾旧年光。

其二

千载流光打此过，当年愁客似穿梭。
拨开棘草认斑驳，泪迹苔痕一样多。

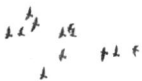

见黄龛村古石径旁蔓草横生

斜斜古径接天长，幽隐深山任草荒。
千载流光冲刷后，世间何物不沧桑？

黄龛村山行见野菊花

溪边连片岭成丛，路到穷时香未穷。
崖上人家三两户，秋来俱在菊花中。

桐城篇

孔城老街寻迹

弯弯幽巷似长河，我在河中寻逝波。
窄窄一条麻石路，光阴千载已流过。

孔城老街旧房子

墙边藤蔓槛边花，天井盘蹲几只蛙。
此处清风明月夜，不知昔日属谁家。

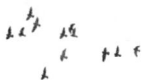

老街旧楼满地藤蔓

除却轻风唯有尘，蔓藤郁郁向谁伸？
痴心不改千年绿，苦待当时旧主人。

孔城老街见旧门锁

伸手才探触指凉，斑斑锈迹已深黄。
细看不过一拳大，却锁千年旧景光。

孔城老街（二首）

其一

黛瓦粉墙青藓斑，老街九曲路弯弯。
一千八百年长卷，风雨虽经幸未删。

其二

镂花窗有旧风情，耳畔蛙鸣带古声。
麻石铺成穿越路，可经此巷到明清。

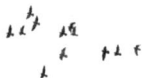

老街街心驻足

古巷不过三米宽，青苔凝碧石榴丹。
街心人自当风立，千载光阴身两端。

老街凝望

雾失楼台意已迷，翠藤绿草正萋萋。
水乡一卷风情画，最合梅花小字题。

孔城雅集分韵得"江"字
登老街金家老宅阁楼

心潮起伏似翻江，盈阁尘灰扑面庞。
两百年前于此处，佳人曾倚镂花窗。

姚家大屋看庭中双桂

青枝如翼过垣墙，树干应超合抱长。
料想秋来双桂子，花开应带古时香。

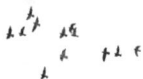

我与古巷

马头墙下久凝神，初遇千年雨后晨。
才一逢时两相得，桐城古巷宿松人。

古巷遇雨

小巷长长岁月深，流光陈迹正堪寻。
千年那阵含情雨，从古纷纷下到今。

未名书院天井边听雨（三首）

其一

凤蕨幽幽绿到心，教人一看百忧沉。
井边围坐静听雨，曲调清泠合古音。

其二

凤蕨幽幽绿似烟，四围麻石一方天。
井边可得清真味，听雨何须到画船？

其三

谁把天瓢将水倾？欢欣先自我心生。
井边有蕨流幽响，胜过傍荷听雨声。

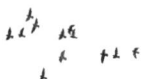

桐乡书院闻金银花香气馥郁异常

藤蔓青青蕊白黄，偏将柔朵入书房。
有心灵卉沾文气，一样花开别样香。

孔城见石榴花

飞檐翘角瓦鳞鳞，旧事追踪迹已陈。
城历千年犹未老，红榴几树正青春。

谒戴名世墓

行程百里未辞遥，布谷声声破寂寥。
酷烈莫过文字狱，墓前含愤说清朝。

戴名世墓前见雀鸟

逐人前后自飞翻，饮露餐花宿墓园。
不住悲啼缘底事？应为夫子诉奇冤。

六尺巷趁步

无尘小径石团团，绿树粉墙肩两端。
莫道难容车马过，此方六尺比天宽。

姚鼐墓旁竹笋如笔

清风拂面步徐徐，密竹吟风绿满墟。
小笋尖尖如墨笔，任由夫子四时书。

吴汝纶墓见小树苗

风中楚楚向人招，弱弱柔枝发嫩条。
泉下依然闲不住，先生仍在育新苗。

注：吴汝纶先生为桐城中学创始人。

桐城龙眠山投子寺避雨近旁有小桃一株

为寻淑景到山涯，天落连珠无可遮。
如鸟飞投松树下，陪人避雨有桃花。

肥东篇

过肥东梁园镇

地头田垄尽桃花，一座古桥连几家。
只为早朝曹植墓，梁园虽好未停车。

仲春游岱山湖演法禅寺

沐雨经风七百年，钟声幽绝自绵绵。
此时若问行踪处，人在深山古寺边。

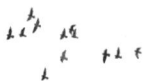

岱山湖演法禅寺见明朝御碑

细认旧痕叹万千，帝王将相化云烟。
唯他碑石今犹在，已听经声六百年。

岱山湖演法禅寺闻塔铃声

塔上高悬隐见形，天风过处响泠泠。
妙音胜似清心曲，宜在深秋月下听。

演法禅寺见僧归

影长人瘦觉衣肥，风起僧袍扑扑飞。
应是游方回寺院，夕阳影里踏云归。

见演法禅寺旁白梅花苞小如米粒

今来已是好春残，苞粒才生欲见难。
纵使新花开四月，与春已是不相干。

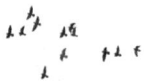

岱山湖演法禅寺旁见松树

衬鞋春藓软叽叽，古寺地偏人到稀。
青盖张开似撑伞，虬枝正好挂僧衣。

船上看岱山湖两岸桃花

两岸齐开艳欲燃，树腰似有茑萝缠。
凭空一阵轻风起，几朵桃花红到船。

过岱山湖见夹岸桃花倒映水中（二首）

其一

立在青峰最上峦，花开万朵比霞丹。
俯临湖水如临镜，好似佳人照影看。

其二

自与朱栏花不同，立于湖岸两峰中。
因怜白水无颜色，故染清波十里红。

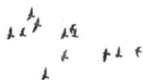

岱山湖春钓

风来湖水漾晴和，不怕鱼惊漫放歌。
钩线非因锦鳞设，今朝只为钓春波。

岱山湖山行

径荒林密少人行，幽鸟时啼一两声。
任那天清日头丽，深山只可见微明。

仲春游岱山湖天鹅岛（二首）

其一

水涯尽处是山涯，路被积年枯叶遮。
时近平春景光好，一山松树间桃花。

其二

桃红灼灼领春华，高耸青松不肯斜。
驻足回眸几环顾，四围松树一山花。

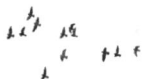

游岱山湖天鹅岛见树上多鸟巢

藤蔓遮途尽草茅，人随幽径入林坳。
山深许是无谁到，密树杪枝多鸟巢。

仲春游天鹅岛见松枝随风轻摆

岩环水绕境偏幽，孤岛云居无所求。
平日虽多刚傲骨，春来也会弄轻柔。

天鹅岛怡情亭畔见野山樱

怡情亭畔最怡情，幽隐深山无所争。
得伴白云多自在，春风生处此花生。

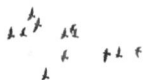

仲春肥东看桃花（二首）

其一

万枝才剩几枝斜，太半已然成锦沙。
林下徘徊起深叹，东风不懂惜桃花。

其二

红褪香消半已残，桃花无力受春寒。
萼中一点青痕处，且作明朝新果看。

仲春雨后桃树残花恋枝不落似待我来

余红不落显情深，为我几经风雨侵。
幸得虽迟仍已到，未曾辜负美人心。

肥东看十里桃花

秀色无边正可餐，红云秾密绿云繁。
桃花十里虽看尽，一卷芳春读未阑。

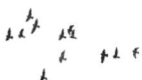

游响导桃林

春红渐老绿初肥，风云裳衣带浅绯。
许欲为人添丽色，落花频向鬓边飞。

在肥东响导桃花林

桃穿霞服色殊新，我着春衣白似银。
两两含情并肩立，红花树与白衣人。

响导桃花岭看桃花（九首）

其一

万树红光艳夺霞，黄鹂声暖兴尤加。

还如进士初登第，看尽春风十里花。

其二

芳丛恋恋几经过，气对桃枝不敢呵。

一丈红多惹人厌，此花万亩不嫌多。

注：一丈红为蜀葵的别称，陈标《蜀葵》有"得人嫌处只缘多"句。

其三

依依绕树久徘徊，欣看芳鲜四面开。

风起纷纷向人落，桃花红上客衣来。

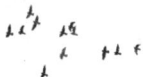

其四

林间且走且驰神，万树绮霞无限春。
花海设如曾一到，也应惊煞武陵人。

其五

每与白云溪水亲，霞光万里绝无邻。
田间垄际多真意，自比庭花更占春。

其六

碧桃灼灼正妖娆，风来万亩卷红潮。
经年一点怜花癖，不到肥东何处销？

其七

红霞万顷领春光，林下穿梭觅句忙。
我对桃花笑相语，问津皆不是渔郎。

其八

夭桃灼灼吐霞光，不傍亭台不傍墙。
得占春风万余亩，胜过都市作花王。

其九

万亩鲜妍无限春，何须艳羡武陵人？
我今只作烟霞赏，得入桃源非避秦。

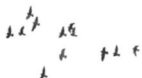

徜徉洛神花海听诸子闲谈

肥东春色约同探，诸子林间共话谈。
灼灼夭桃红十里，看花不必下江南。

肥东洛神花海欣见无人折花

红桃十里望无涯，游客无曾折一些。
肩满落红人不拂，馨香自可带回家。

诸诗友肥东洛神花海桃花丛中拍照

忽而正立忽而斜，为避繁枝将脸遮。
今日花和人并比，欣看人面胜桃花。

看诸诗友徜徉桃花林

林间有女好风华，枝上红桃灿如霞。
若问哪般堪顾惜？眼前人与眼前花。

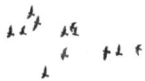

洛神花海怕见落花坠地牵衣接之

我逐春风东复西，忽过田垄忽过溪。
牵衣试把桃花接，不忍红鲜坠野泥。

庐山篇

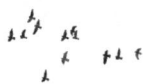

遥望庐山

遥看如叟坐垂纶，客似游鱼来往频。
文气一沾天下晓，江山更喜钓诗人。

庐山三宝树旁见秋海棠

留些残绿趁秋风，一片痴心谁与同？
花里苦情君属最，别名唤作断肠红。

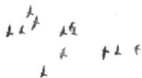

秋游庐山锦绣谷

未觉寒秋经此过，我今身在绿云窝。
任他谷口吐罗锦，不及诗人锦绣多。

登庐山望江亭

弯弯山道尽荆榛，后应前呼笑语频。
人到此亭多远眺，我偏只看近旁人。

望江亭遐想

秋深叶落更纷纷，崖下涛声不可闻。
久望江天心恍惚，浮云是我我浮云。

庐山芦林湖畔见接骨草

红珠顶上聚圆圆，思绪无端向此悬。
断骨凭君犹可续，不知何物续残缘?

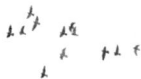

题庐山黄龙潭与乌龙潭

下水休沾上洗尘，两潭千载紧相邻。
清泉本自无名姓，姓黑姓黄随主人。

庐山黄龙潭掬水涤手

双手捧来千斛珠，丝丝凉意沁肌肤。
掌中尘垢能冲去，心上烦愁能洗无？

题庐山云帆工作室

面对青山万虑除，此间宜读隐人书。
草多气质花文艺，应比桃源更可居。

夜宿庐山云帆工作室竹缘居

绕窗佳木集佳禽，曾拟中宵听好音。
笑我偏生眠得早，只因此处最安心。

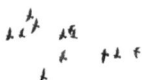

如琴湖畔小坐

风伸纤手理丝纹，小坐湖边得所欣。
尘世俗音须耳听，此间妙曲用心闻。

如琴湖畔看黄昏

葳蕤花草覆泥盆，月在天边弯一痕。
水唱情歌风伴奏，教人爱煞此黄昏。

庐山寺庙见树上两朵桃花色如朱砂

寺内依墙占一涯，小苞两朵色如砂。
许因久得禅门气，时至深秋仍着花。

出庐山植物园见野菊一丛戏作

出门未过几回弯，忽见黄花娇万般。
切近呼她她不理，自矜生在大庐山。

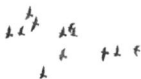

竹缘居诸子歌舞助兴

解索松缰身自由，轻歌已逐晚风柔。
今宵也拍栏杆遍，只为欢欣不为愁。

赠云帆年会与会诸子

听过溪水响潺潺，再绕蛇形路几弯。
诸子各峰游一遍，诗花开满大庐山。

游花径见白居易"人间四月芳菲尽"句

春蕊秋花尽化埃，千年不腐是诗才。
桃花未逐溪流出，仍有人寻司马来。

拜谒陈寅恪墓

未有风来还觉凉，抚碑无语暗心伤。
菊花墓上放三朵，好共先生对夕阳。

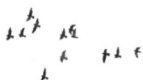

逛庐山天街

灯如星子夜安排，莎草茸茸软衬鞋。
风手顽皮常拉我，央人陪着逛天街。

过庐山莲花峰

莲有禅心度普陀，我今得幸此峰过。
世间清客隐何处？山上应超山下多。

过庐山黄龙寺

溪水清清不起花，幽幽烟寺树荫遮。
盘桓半日悄然过，未饮山僧半盏茶。

再赠庐山与会诸子

雅聚匡庐山上头，诗情如水荡悠悠。
今朝波敛暂收桨，待到重逢再放舟。

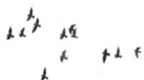

归来整理带往庐山衣箱

折叠秋衫和厚裳，闲来检点旧行囊。
穿时正在云深处，衣上还留云水香。

金陵篇

见玄武湖春柳嫩枝垂垂恰似刘海

柳如好女立溪湄，条似青丝拂额垂。
春遣东风初试剪，一排刘海正齐眉。

春过秦淮河

春水粼粼波自摇，含情柔柳向人娇。
为寻八艳芳踪迹，试踏秦淮旧板桥。

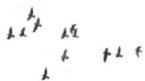

夜游秦淮河

弯月残宵似小眉，柳腰风过弄柔姿。
六朝金粉繁华地，最合缠绵柳七词。

春过媚香楼

小楼红紫逐番新，百岁光阴一转轮。
君立阶边今我立，不知明日立何人。

媚香楼见桃花扇（四首）

其一

高情直透到枝丫，近四百年红似霞。
因蘸佳人血描就，梅输气骨与桃花。

其二

气节何曾与众同，开时未借那东风。
美人不洒胭脂血，哪得桃花扇上红？

其三

秦淮河上又东风，家国情仇一扇中。
堪羡桃花真有幸，千年消得美人红。

其四

耳边似听美人叹，扇上桃花带泪看。
腮上啼痕将敛去，心头湿迹未曾干。

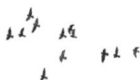

过桃叶渡（六首）

其一

久立渡头思玉娥，未尝桃叶胜人多。
亿千女子倾城貌，不及王郎一曲歌。

其二

茫茫烟水几轻桡，不觉令人思六朝。
今我虽无别离绪，渡头一立也魂销。

其三

水面茫茫雾不开，无端令客转迷猜。
似看桃叶渡头立，似见王郎摇楫来。

其四

秦淮烟水正茫茫，令客无端生感伤。
自古谁能避离恨？不惟桃叶与王郎。

其五

秦淮河水碧波平，春柳烟笼别有情。
此渡非因美人力，王郎一曲使传名。

其六

韵事犹存迹可寻，王郎一曲感人心。
千年南浦因何在，只为伊人曾顾临。

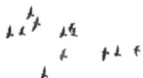

桃　　叶

光阴千载杳何长，碧水应曾照丽娘。
南浦千千渡河女，唯卿能得有心郎。

桃叶渡岸柳

对风犹自舞婆娑，时把柔条拂碧波。
幸作六朝南浦柳，曾听桃叶渡头歌。

过桃叶渡见一女郎哭泣

一捻纤腰似柳形，水边何故泪飘零？
渡头应是生愁地，不合离人作久停。

相约翌日梅花山看梅

推枕披衣先自惊，已听啼鸟报天明。
不知昨夜看花梦，去到梅边是几更。

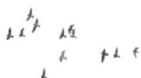

登梅花山探梅

欲探梅朵绽如何，山脚先经山顶过。
始信春风分远近，高峰不及矮峰多。

梅花山赏梅（四首）

其一

寻春相约到梅边，何处芳妍不可怜？
香正柔柔风正细，赏花人醉赏花天。

其二

香染衣衫气味殊，怕人归后散全无。
此花若属春风管，欲向春风乞一株。

其三

登科不必上科场，且逐春风赏景光。
今日东郊山岭上，人人尽是探花郎。

其四

林间游客影相摩，声绕东西南北坡。
梅似繁星仍觉少，游人今日比花多。

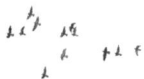

见白梅花

欲将挨近又迟疑，裙摆轻提碎步移。
只为白梅浑似雪，怕呵暖气到花枝。

玉露穿汉服赏梅

初试新装百媚生，飘飘长袖御风行。
看花人比花娇艳，未看花时先看卿。

与玉露穿汉服游梅花山

吹面春风轻且柔，新装扮就足风流。
落梅飞到不须拂，正好由它点额头。

小径探梅

欲品幽香非所难，独行小径不嫌单。
游人未达梅山角，不懂花宜静里看。

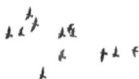

与玉露梅花山寻晨风、风竹两位老师

今年今日约相逢，沟坎山坡过几重。
绕树穿林周面看，万花丛里辨人踪。

为梅花山梅花作

水涯未隐隐山涯，最喜终朝静不哗。
是否愿迎尘世客，应无人去问梅花。

梅花山上

我与梅花近可依，林间春鸟正叽叽。
此山如有筑庐处，直把繁枝看到稀。

梅花山赏梅于花下小坐

南边穿过北边穿，白似堆银红欲燃。
人倦欲于花下坐，落梅为我展香毡。

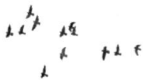

梅花山见东吴大帝孙权墓

梅林人满竞摩肩，冢墓草多藤蔓缠。
游客唯知逐花看，不知山上有孙权。

梅花山赏梅归后

展臂扬眉转复旋，今朝有幸到梅前。
归来入屋绕三遍，好散馨香到四边。

乌衣巷

长长古巷意悠悠，喜得相知从我游。
不看桥边野花草，只寻魏晋旧风流。

暮春夜游乌衣巷遇雨

草花烟柳静依依，夜雨黄昏客渐稀。
归后多同人说道，六朝有巷唤乌衣。

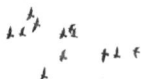

金陵看宫殿旧址（三首）

其一

问谁能有百年身？去岁芳菲已作尘。
请看六朝宫殿里，已无一个六朝人。

其二

玉阶残处野花肥，蝴蝶寻芳缭乱飞。
料我今朝行履处，应为六代旧宫闱。

其三

今时人看旧时花，幽草青青乱似麻。
今日断垣残壁处，辚辚曾正过宫车。

宫殿旧址见千年古树

舞腰歌袖去随风，古树依然欲蔽空。
花木千年尚繁盛，朱颜只得一时红。

见旧台基上六朝花木依旧繁茂

古树青青几抱围，今时花比去时肥。
旧亭台上旧花草，曾见宫人舞袖飞。

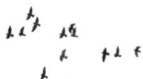

宫殿旧基址

曾是珠帘百尺楼，可凭此处看沉浮。
应知脚下陈基土，埋了宫人一段愁。

古井

沿边蕨绿藓苔幽，旧井寒深水不流。
已历千年犹未废，应曾照过美人愁。

过御沟旧址（二首）

其一

古柳风来舞影低，鸟声幽婉似悲啼。
御沟行尽愁犹剩，还逐游人到殿西。

其二

昨日繁华今日休，岁月不为谁驻留。
此是君王行乐处，曾偕妃子泛龙舟。

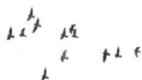

胭脂井

陈宫旧事世人知，红迹本为妃子遗。
后主黄泉如有觉，应羞此井唤胭脂。

游长干里杏花村

青莲杜牧韵犹存，酒肆亭台认旧痕。
人在唐朝诗里过，长干里后杏花村。

写在《何其三山水绝句三百首》之后

唐先田

何其三女士给我发短信，说一直有个设想，就是用绝句来绘制一幅诗词地图，并说这个设想已经提前大半年实现了，今年五月底已写了近四百首，出版事宜也商谈好了，想邀我写几句话作为题跋，不知可否。

我很愉快地答应了其三所嘱，说"承蒙其三鼓励，我将努力为之"。

此前，我也有过为文友写序跋之类的事，但答应得没有这一次这么爽快，之所以如此，我想原因有二。

一者，我和其三是同乡，都是皖西南宿松人，"美不美故乡水，亲不亲故乡人"，"老乡"二字，在不经意间就将人与人之间的距离拉近了。老乡所嘱，不能拖泥带水，更不能拒绝。何其三的名字，我好几年前就知道了，也知道她善作旧体诗词，但只同她说过几句话，对她并不了解，若走在大街上，于人群中我是认不出何其三的。近年间，零星地读到她发表的

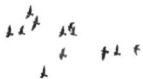

一些诗词，觉得格调清新而不一般，就在回老家的一次集会发言中说了我的一些想法，恰好何其三也在场，所以会后她打听了我的联系方式，并通过快递送我《何其三词三百首》《何其三绝句三百首》两本书。

二者，我虽不善写作旧体诗词，但喜欢阅读，每逢佳句，即如饮佳醪，乐在其中。收到其三的两本书后，我展读则不忍释手，读罢，对其三的创作有所了解，对她的才气也很赞佩。我的总体评价是：爱写旧体诗词者不少，其三超出一筹，出类拔萃。有诗词作品为证：她写普通小疾如荨麻疹："状如柳絮无风起，也有枝桠，别具根芽，名唤荨麻不是麻。忽来忽去将三月，虽艳非花，虽赤非霞，可否抽丝纺作纱？"（《采桑子·戏题荨麻疹》）再平常不过的题材，到她手里，却有化腐朽为神奇之妙，患有荨麻疹的病友如读到这首《采桑子》，或许真的会霍然病去呢？她写花卉，绝不一般，在她笔下，菊花是"爱着绿罗裙，爱着黄丝袄。爱在东篱墙角开，与桂称姑嫂"（《卜算子·菊》），将菊与桂以"姑嫂"相称，可谓独树一帜。写白莲则是"本性自然向佛，莲台设帐传经。欣看高足满门庭：梅花称弟子，菊拜女先生"（《临江

200

仙·白莲》）。我想，其三应是去看过邻县黄梅五祖寺内白莲的，所以写得如此有禅心佛意。难能可贵的是，其三的人物写得尤其生动可爱，你看那调皮青涩的小丫头"张开小手团团扑，脚绊藤藜，嘴吻青泥，自拍灰尘不敢啼"（《采桑·小丫扑蝶》），"头扎冲天小辫，攀墙爬树掏窝。顽皮犹似小妖魔。北边才斗狗，西又撵鸡鹅。甲染凤仙花瓣，偷拿火炭描蛾。惊呆邻里大哥哥。佯装娇女态，也学转秋波"（《临江仙·邻家小丫》）。真是人人眼中所见，人人笔下所无，与辛词里所写的"最喜小儿无赖，溪头卧剥莲蓬"比较起来，也没有什么逊色之处。少女则是另一番模样："少女采红莲，面比红莲好。分叶才看并蒂枝，掩口羞羞笑。撩水泼蜻蜓，嗔怪它相扰。桥上人观桥下花，一见心倾倒。"（《卜算子·观花》）为什么要"羞羞笑"，其三不写，让读者各自体会吧。还有那首《装行李》："丝巾叠过叠衣裳，桃红柳绿填一箱。余下浓情何处放？轻轻归拢用心装。"真是韵味无穷，让人读后浮想联翩。特别值得提倡的是，其三的诗词非常口语化，很少用典，诗词的题目也十分平易明白，打破了无典不成诗的常例，不用典也可以佳作迭出，这

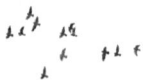

对诗词的大众化极有意义，在这方面，何其三对新时期旧体诗词的创作，是做了贡献的。

在这本《何其三山水绝句三百首》中，佳句亦是美不胜收，她写知青屋是"料得当年放工后，此间多是口琴声"（《金湖水上森林知青屋》），又曰"请看墙头熏黑处，曾经累夜挂油灯"（《知青屋所见有记》）。其三年纪小，应是没有下乡做过知青的，可能晓得一点知青的事，"口琴声"三字，即将时代背景、知青生活写得细致入微。口琴，现在已是不大见到了，但当年不少知青口袋里都放一只口琴，便于携带，又学得快，工余吹几首，既可娱乐休闲，也可消愁解闷。写栈道则曰"栈道原非真实地，人生最怕是悬空"（《金湖水上森林过玻璃栈道》），写油菜花是"开遍地头田垄处，从来不傍玉阶生"（《黟县见油菜花》其二），鹿苑与鹿合影后写道"为免重来卿误认，林间留照作依凭"（《于九牧皇家鹿苑与鹿合影》），在桐城吴汝纶墓前则写道"泉下依然闲不住，先生仍在育新苗"（《吴汝纶墓见小树苗》）。

这本诗集里的佳作佳句还有很多，不能一一列出。在祝贺这本书出版的时候，说赞扬的话是理所当然的，但不能只说赞扬的话，更祝愿其三创作出更多更好的诗词。我相信，凭其三的才气和努力，如能有意识地使自己的创作和时代氛围更好地融汇在一起，做时代的代言人，那就一定不会辜负读者的期待。

二〇二一年六月

（唐先田，安徽宿松人，安徽省社会科学院原副院长，中国作家协会会员，安徽省文学学会名誉会长，编审（二级），1993年起享受国务院特殊津贴，著有《文论长短录》《随意集》《追求和谐》《中国散文小说简论》《鲁彦周评传》等，主编了《安徽文学史》。）